Andrea Gustavo Curtopassi

Come L'Arcobaleno

Youcanprint *Self - Publishing*

Titolo | Come L'Arcobaleno
Autore | Andrea Gustavo Curtopassi
ISBN | 978-88-91156-83-9

Youcanprint Self-Publishing
Via Roma, 73 – 73039 Tricase (LE) – Italy
www.youcanprint.it
info@youcanprint.it
Facebook: facebook.com/youcanprint.it
Twitter: twitter.com/youcanprintit

I

Papà come stai? Hai riposato bene stanotte? Vuoi che ti faccia portare la colazione a letto da Tina o preferisci alzarti?

Marco tentò di alzarsi da solo poi rivolgendosi al figlio disse: " se mi aiuti, lo preferisco, di a Tina che la colazione la prepari pure, ma la vado a fare in cucina come sempre."

Luca era un avvocato affermato del foro di Napoli, un penalista, il lavoro lo impegnava molto ultimamente e aveva sempre meno tempo per andare a trovare il padre, ma quella mattina, decise di farlo. Era una bella giornata di marzo, la brezza marina gli accarezzava il volto scompigliandogli i pochi capelli rimasti, residuo della chioma corvina, folta e ricciuta che aveva in gioventù.

Tina la domestica, da anni ormai viveva in quella casa e si era presa cura anche di Luca, dopo la morte della madre. Vedova e madre di tre figli ormai tutti sposati, aveva abbandonato la casa che teneva a pigione e si era trasferita definitivamente a casa di Marco.

Con la cura che da sempre metteva nel sbrigare le faccende, aveva preparato la tavola della cucina, predisponendo tutto come desiderava il dottor Marco, così lo chiamava lei.

"Come mai stamani di buon'ora oddio di buon'ora! Sono le nove passate, sei venuto a trovare questo rottame di tuo padre? Cos'è successo, hanno chiuso il Tribunale o un rimorso di coscienza ti ha portato da me ?"

"Papà lo sai che quando posso non vedo l'ora di venirti a trovare e stare un po' con te."

"Hai detto bene quando posso, ma tu quando puoi? Solo nei giorni feriali, o qualche volta anche la domenica, che almeno desiniamo tutti assieme e mi fai stare anche con i miei nipoti e con la tua bella mogliettina?"

"Lo sai benissimo che non è facile conciliare il lavoro con la vita privata."

"Già prima il lavoro, poi la famiglia e infine quel coglione di tuo padre."

Luca non replicò, sapeva bene che non l'avrebbe avuta vinta, anche se grande oratore non riusciva mai a controbatterlo.

Marco, il padre di Luca, da giovane faceva il giornalista per una redazione locale privata che vantava comunque una discreta tiratura. Adesso, in pensione da diversi anni, a causa di una malattia contratta durante un viaggio di lavoro in Africa, che lo aveva condannato, diceva lui, a stare tutto il giorno in casa, per via di una precaria deambulazione, data anche l'età, ottanta suonati, passava il tempo a leggere il quotidiano e i libri che il figlio di tanto in tanto gli portava.

Prese il giornale che Tina gli aveva preparato sulla tavola accanto alla tazza di caffè latte.

"Devo essere sempre aggiornato su quello che succede oggi giorno, non posso fare a meno di leggere il quotidiano, quella là, indicando il televisore, dà sempre le solite notizie; morti ammazzati, violenza, droga, arresti importanti di assessori, sindaci, ministri e compagnia cantando, mai una buona notizia, che ne so: aumento delle pensioni ai poveri cristi come me, taglio delle pensioni ai ladri come loro. Questo mai! Il giornale ha il vantaggio che non devi prendere il telecomando per cambiare canale o per non sentire la pubblicità tapparti le orecchie, il giornale ti permette di cambiare pagina quando vuoi e nel pieno silenzio della stanza, questo è il vero pregio del giornale."

“Anche il giornale papà riporta delle brutte notizie e proprio oggi ce n'è una che non volevo dirti, però non posso farne a meno.”

“Ecco perché sei venuto a trovarmi; il corvo vola dalla colomba e gli porta la bella notizia.”

“E chi sarebbe la colomba tu? Non farmi ridere dai, tu che da giovane non hai mai perso l'occasione per scrivere di questo o di quello pur di portare in redazione notizie. Ogni giorno c'era un articolo sulla cronaca locale che portava la tua firma e che trattava sempre di fatti personali o meglio di scandali che facevano notizia.”

“E' vero, sacrosanto, ma se tu oggi sei quello che sei e non voglio dire cosa sei, lo devi a tuo padre e a quegli articoli che lui ha scritto quando ancora ti succhiavi il dito pollice!”

“Scusa, ma a parte quello che hai fatto per me e per la famiglia che ti riconosco e ringrazio per averlo fatto, dimmi un po' chi sarei io?”

“Ah, ah, ah, t'è piaciuta eh? L'avvocato si sente offeso? Il papà non si toglie il cappello davanti a lui, non fa la riverenza all'illustre principe del foro? Era una battuta, come al solito voi intellettuali non sapete apprezzare la goliardia. Ricordati che il tuo bisnonno era toscano e precisamente di Livorno e quindi un po' di sangue scanzonato scorre anche nelle vene di tuo padre. Tu invece sei rimasto il classico liceale dalla somma sapienza; spero che i tuoi figli non abbiano preso troppo dal loro padre ma dal nonno si! Qual era la notizia che mi volevi dare?”

“Purtroppo papà non è bella, ho saputo stamani dal giornalaio dell'edicola qui sotto l'angolo, mentre stavo per venire da te, che ieri è deceduto Don Tano o meglio Don Gaetano.”

Il volto di Marco cambiò di colore, divenne paonazzo, si fece serio, allungò una mano e mentre allontanava la tazza di caffè latte, portò l'altra alla fronte, gli occhi gli si riempirono di lacrime.

"Non ho voglia di fare colazione, dì a Tina che porti via tutto!"

"Papà devi fare colazione! Non puoi prendere le tue medicine a stomaco vuoto lo sai, il medico te lo ha detto più volte, ma tu sei il solito testardo."

"Lo so, hai ragione, ma adesso voglio stare solo."

Luca gli si avvicinò, gli faceva pena vederlo così, non era più il sangue scanzonato quello che scorreva adesso in lui, ma quello di un bambino a cui hanno tolto la gioia e la voglia di giocare.

"Papà perché vuoi che me ne vada, fammi restare con te, non mi hai mai raccontato come vi siete conosciuti tu e don Gaetano, ci hai sempre fatto capire che la sua è stata una vita tormentata, piena di sofferenza, però non ce ne hai mai parlato, perché non ne parliamo adesso?"

"Hai ragione è giunta l'ora che tu sappia, non so quante altre occasioni abbiamo ancora per stare assieme, non sono più un picciriddu, come diceva lui e il tramonto ormai lo vedo sempre più vicino."

Luca prese la sedia che stava sul lato opposto di dove era seduto Marco, gli si avvicinò, poggiò i gomiti sul tavolo e disse: " Papà, ti ascolto."

Marco si appoggiò allo schienale della sedia, tirò un lungo sospiro, prese coraggio e iniziò.

Ci incontrammo casualmente alla stazione centrale di Milano, erano gli anni della rivoluzione studentesca, la seconda guerra mondiale ormai era alle spalle da un pezzo, la gente aveva voglia di vivere e i giovani di contestare. Stavo leggendo in bacheca la locandina, dove erano riportati gli orari dei treni. Uscivo da una conferenza sui diritti dell'uomo, che si era tenuta nella sala di una redazione. Vi ero stato mandato per scrivere un articolo sull'argomento. Lui stava alla mia destra e consultava anch'egli gli orari dei treni, ci scambiammo un saluto di cortesia e ci incamminammo al binario, dove c'era il treno che dovevamo prendere.

Un treno diretto a Roma, un interregionale. Prendemmo posto in uno scompartimento riservato ai passeggeri che avevano il biglietto per la seconda classe.

Stava seduto davanti a me, teneva con cura una borsa poggiata sulle ginocchia.

M'incuriosiva quella borsa avrei voluto sapere cosa contenesse da tenerla così stretta, quasi con venerazione, ma non osavo chiederglielo.

Era un tipo taciturno, aveva uno sguardo perso e triste allo stesso tempo.

Guardava fuori dal finestrino mentre io leggevo un quotidiano prestando poca attenzione alle notizie, leggevo più per rendere meno noioso il viaggio che per la curiosità di conoscerne i contenuti.

Nello scompartimento eravamo noi due soli, il treno si era appena allontanato dalla stazione, ma di lì a poco sicuramente si sarebbe riempito. Il periodo natalizio era alle porte e di solito in concomitanza con le feste la gente si muove, va a trovare i parenti lontani; il Natale da sempre è la festa della famiglia.

Giunti nei pressi di una stazione rallentò per poi riprendere la sua corsa improvvisamente. Quello scatto fece tremare il convoglio e per un attimo perse la presa e la borsa stava per cadere ai miei piedi, quando don Gaetano con un gesto fulmineo l'afferrò e se la pose di nuovo sulle ginocchia con cura.

Restai a guardare incuriosito, cercavo di capire cosa potesse contenere, sicuramente qualcosa di valore, pensai.

Continuai a sfogliare il giornale svogliatamente, in cerca di un argomento che mi potesse distogliere dalla voglia di sapere cosa c'era dentro quella borsa.

Il rumore cadenzato, che facevano le ruote quando incontravano i raccordi delle verghe, mi ricordavano quello di un acciarino, posto sotto il moggio dei carri trainati dai buoi in Maremma nelle notti serene d'estate. Il cielo che minacciava pioggia, e quel tintinnio armonioso conciliavano il sonno, tanto che finii per assopirmi mentre il pensiero volò alla campagna toscana e alla casa paterna.

Mi vedevo in braccio al nonno che mi raccontava le sue avventure di ragazzaccio, alla nonna che m'insegnava a fare la pasta, ora in mezzo ai coetanei, armati di fionda a caccia di lucertole che nella nostra fantasia erano draghi da sconfiggere. Sognavo la pianta di acacia in fiore che annunciava l'arrivo della primavera, i prati punteggiati da papaveri rossi con maggio alle porte, i ragazzi scalzi con i pantaloni corti, la canottiera e l'immancabile fionda appesa al collo a mò di cravatta, che si rincorrevano nei pressi del fosso scolmatore. Ora vedevo le foglie degli alberi del leccio e del tiglio che cambiavano colore da verde a rosso poi a giallo e infine cadevano, era arrivato l'autunno e con lui l'inizio della scuola. Era quello per me il periodo più triste dell'anno, amavo andare a scuola quasi quanto tenere la testa sott'acqua.

L'ingresso in una galleria provocò un gran frastuono, mi svegliai di soprassalto, passando dal sogno alla realtà e con immenso dispiacere dovetti liberarmi di quei ricordi.

Il giornale che poco prima stavo leggendo scivolò ai suoi piedi, lo raccolse e me lo porse.

Lo ringraziai, rispose: "Prego".

Aveva detto l'unica parola da quando eravamo saliti.

Dall'accento capii che era siciliano e non potevo a quel punto fare a meno di averne conferma e così mi feci coraggio e gli chiesi: "Scusi se mi permetto di farle una domanda, ma poiché siamo compagni di viaggio... dal suo accento credo di aver capito che lei è siciliano e vero?"

"Sì, siculo sono!" Rispose a mò di battuta e fece un sorriso come per dire; ti è piaciuta la risposta? Sei soddisfatto? Hai capito bene, vengo dalla Sicilia. La risposta mi diede l'occasione per soddisfare la mia bramosia: conoscere il contenuto di quella borsa.

_"Mi scusi se insisto, ma mi ha incuriosito come tiene quella borsa è così importante per lei?"

"Si!" Rispose.

Seguì un breve silenzio, capii di essere stato invadente e scortese, ma nello stesso momento in cui stavo facendo ammenda a me stesso del mio comportamento, d'improvviso prese di nuovo la parola.

-"Qui, dentro questa borsa, c'è il riscatto della mia vita, che mi sono conquistato per grazia e volontà di Dio."

Adesso la curiosità si faceva ancora più forte, chi era costui o chi è stato dal momento che si riferiva a un periodo della sua vita passata e cercai di farlo parlare usando però questa volta, più diplomazia.

_ "Mi scusi ma non comprendo."

Era palese che non avessi compreso, non avevo la ben minima idea a cosa si volesse riferire.

"La capisco, detto così in due parole non è facile da comprendere, ma mi creda, è una storia lunga."

Se è una storia lunga, pensai, sicuramente ha molte cose da dire e chissà che non siano interessanti.

_"Così lunga che non c'è abbastanza tempo da parlarne o lo dice tanto perché non ne vuole parlare?"

"No, no è proprio una storia molto lunga."

Gli volevo far presente che di tempo per parlarne ne avevamo a iosa e così gli dissi: _"Io scendo a Roma e poi prendo la coincidenza per Napoli, ritiene che ci sia tempo a sufficienza per parlarne?"

"Io vado a Messina, questo treno ferma a Roma ma poi prosegue, non deve cambiare, facciamo lo stesso percorso, se non l'hanno spostata Napoli, è prima di Messina."

_"Come vede, abbiamo tutto il tempo che vogliamo per parlare e per giunta nello scompartimento non c'è nessuno."

"Se proprio ci tiene, le premetto però che l'abito che porto nasconde un trascorso di sofferenza, sono stato in passato ospite di un penitenziario e non come cappellano, le interessa ancora?"

_"Si certo, sono un giornalista e mi piacciono le storie e poi non vedo perché non dovrei ascoltarla, se è qui, vuol dire che ormai è un uomo libero e quindi ha scontato la sua pena, se pena, vi era da scontare, anche se non credo che lei sia stato un delinquente, forse è stato vittima di un errore giudiziario.Mi scusi non mi sono ancora presentato, mi chiamo Marco."

"Molto piacere io sono Tano."

_"Tano credo di capire che è il diminutivo del nome non è vero?"

"Si giusto porto lo stesso nome di mio nonno materno Gaetano, ma per tutti sono Tano. Sa com'è a mia madre, le piaceva tanto quel nome anche perché era molto affezionata al nonno e mio padre mi ha sempre detto che non vedeva l'ora, una volta maritata, di avere un figlio maschio per mettergli il nome Gaetano. Mi ha fatto piacere quello che lei ha detto poc'anzi, gliela racconto volentieri la mia storia, anzi ci tengo a raccontargliela, è un giornalista e può darsi che ne tragga spunto per scrivere un romanzo."

II

Sarebbe stato davvero interessante scrivere un romanzo sulla sua vita ma mi pareva di fargli un torto, di rendere pubblica un'intimità che doveva essere protetta perché così doveva essere.

Iniziò a parlare della sua infanzia, raccontò che era un ragazzo, anzi poco più di un bambino, aveva circa dieci anni quando suo padre lo mandò ad accudire al gregge sulla collina in alto sopra al paese, lontano da casa. Ogni tanto andava a trovarlo uno dei suoi fratelli Giacomo e stava con lui tutto il pomeriggio fino all'imbrunire, ma la sua sola compagnia quando Giacomo non andava da lui, erano un cane, le pecore e le capre.

Continuò raccontandomi del difficile rapporto che aveva con suo padre.

" Deve sapere che, per consentirmi di essere al riparo dagli agenti atmosferici e sopratutto dal buio della notte, mio padre, aveva costruito un piccolo capanno in mezzo al prato, nella parte più alta del terreno di modo che, quando pioveva, potevo restare dentro e tenendo la porta aperta controllare il gregge. Quando pioveva, se dovevo spostarmi, indossavo un' incerata che riparava dalla pioggia, ma non dal freddo. Capitava spesso di passare delle intere giornate da solo, con Tommy il pastore tedesco, gli parlavo e pareva capisse quello che dicevo. Una volta la settimana, sempre di sabato veniva a trovarmi mio padre assieme a compare Calogero, un vecchio amico di famiglia e portavano pane, formaggio, acqua e qualche indumento da cambiarmi che dovevano bastare fino al sabato successivo.

Poi, una notte, udii dei rumori, delle persone si avvicinarono sempre più, il cane iniziò ad abbaiare. Udii un colpo sordo, seguì un latrato strozzato e poi più nulla, Tommy era stato sistemato. Tremavo di paura, non sapevo chi erano quelli che si stavano avvicinando, ma di certo non erano fantasmi."

Stava per continuare il suo racconto quando s'interruppe bruscamente, due signori, probabilmente moglie e marito, assai su con gli anni, erano entrati nello scompartimento e si erano seduti accanto a lui, allora prese la borsa e si sedette al mio fianco, adesso poteva continuare il racconto a bassa voce e così fece ma non prima di chiedermi scusa per il suo intercalare talvolta dialettale.

 "Mi scusi ma ogni tanto uso senza accorgemene parole in dialetto."

_"Non si preoccupi, capisco benissimo." Abbozzò, compiaciuto, un sorriso.

Uno di loro disse agli altri di prendere le pecore e di lasciare le capre poi, si avvicinò puntandomi un coltellaccio sotto la gola.

Tremavo di paura anche perché avevo capito chi si celava avvolto nel suo tabarro nero con la coppola in testa e lui ne era consapevole.

Quando andarono via, rimasi rannicchiato all'interno del capanno, il tremore non diminuì anzi la paura aumentò, aspettai l'alba e poi andai via da lì.

Vidi Tommy sdraiato sul prato con la testa mozzata, lasciai le capre e tornai a casa.

Salii le scale, mi fermai sul pianerottolo e bussai al portone.

Aprì mio padre, gli raccontai l'accaduto.

Avevo appena dieci anni, disse che ero un buono a nulla, che sarei dovuto scappare e avvisare a casa che lui e altri sarebbero intervenuti.

Staccò il nerbo che teneva sull'attaccapanni dietro la porta d'ingresso e cominciò a battermi sulla schiena dicendomi:"Se piangi, dimostri di non essere un uomo, ma un piccirìddu."

Trattenni le lacrime finché non ebbe finito poi, scappai fuori e andai a piangere lontano da casa.

I miei fratelli furono costretti a guardare, quando m'infliggeva la punizione e a stare zitti, non potevano fiatare, doveva servire da lezione anche a loro.

Non si può trattare così un figlio, tanto più se un bambino. Non lo odiavo per come si comportava nei miei confronti, ma certo non gli volevo lo stesso bene che volevo a mia madre e di questo sentimento ogni giorno chiedo perdono a Dio.

Andavo in chiesa quando mi sentivo triste e solo, mi ponevo in ginocchio davanti alla statua della Vergine e pregavo. Il parroco, che mi aveva battezzato, sapeva come mio padre trattava la moglie e i figli e ogni volta diceva: " Tano va a casa che Dio, se hai fatto qualche marachella ti ha già perdonato, ma se fai tardi tuo padre non ti perdona."

Da quel giorno non volli più andare a pascolare le capre che erano rimaste, avevo paura, sia dei ladri di bestiame sia di mio padre. Paura di tornare a casa e anziché essere capito e scusato per l'età che avevo, picchiato di nuovo.

Allora andai a lavorare la terra al podere di Beppe il baruni, rispettato perché fratello di don Nicola, piccolo boss del paese, non un capo ma quasi. Don Nicola era proprietario di molte terre e pascoli, si diceva in paese che facesse il cravattaro.

"lo sapete voi cos'è un cravattaro?"

_"Si lo so è un usuraio."

Tano ora dava un saggio del suo dialetto.

"Esatto u' cravattaro prestava i picciuli a questo o a quello e in cambio voleva il 30 o il 50 percento d'interesse, sinnò se prendeva la proprietà. Sti morti de fame mica li tenevano tanti picciuli e accussì lui si prendeva la terra e si arricchiva. Fece una brutta fine."

"Come morì?"

"Della morte che lui si aspettava, una malattia purtroppo comune al mio paese, per uomini accussì. Dio l'abbia in pace."

"E cioè?"

"Morì di lupara! Gli spararono in viso un colpo solo con la lupara, un fucile a canne mozze, con pallettoni per cinghiale!"

Nel podere di Beppe il baruni, si faceva chiamare barone chissà perché, zappavo, falciavo l'erba da dare in pasto agli animali, governavo le mucche, seminavo, raccoglievo ortaggi e frutta che poi portavo su di un carretto trainato da un asino a casa di don Nicola."

_"E la pagava per il suo lavoro?"

"Pagare? Si ogni tanto mi dava qualcosa, a volte anche una forma di formaggio di pecora, quella era la paga che io non vedevo mai, la portavo a casa, mio padre diceva che era per lui che aveva lavorato tutta la vita, mica per i picciriddi. Non lo taliai mai travagghiàri."

_"Vuol dire che non lo vide mai lavorare vero?"

"Esatto. Se ne stava seduto davanti all'uscio tutto il giorno, trasiva solo per mangiari."

_"Solamente? Non aveva altre cose da fare?"

"Si andare al bar con gli amici a giocare alla morra o alle carte e dormire."

_"Ah però non si trattava male."

"Lui no, trattava male a noi che eravamo picciriddi e nostra madre."

Tano si scusò ancora per le frasi in dialetto che gli uscivano spontaneamente dalla bocca, disse che gli succedeva quando era preso dalla foga del racconto."

_"La prego continui pure."

Con me nel campo di Beppe "il baruni" stavano altri ragazzi, femmina nessuna, vi restai fino all'età di diciotto anni quasi compiuti."

Due di questi Rosario e Salvatore, quelli con cui andavo d'accordo, erano più grandi di me; ogni tanto, senza farsene accorgere, rubavano verdura, frutta, latte ed io li stavo a guardare senza osare mai di fare la stessa cosa, la mia coscienza non me lo permetteva. La coscienza, questo dono che Dio ci ha voluto fare e che è dentro di noi da sempre. La mia era una forma di coscienza antecedente, ossia mi portava a esprimere dentro di me un concetto sulla moralità dell'azione che mi permetteva di giudicare se era giusta o sbagliata, secondo gli insegnamenti che avevo ricevuto mentre, gli altri, giustificavano il loro operato con coscienza che oso dire con convinzione, lassa, poiché ritenevano lecita l'azione che stavano compiendo anche se consapevoli che era peccaminosa. Non voglio farle lezione di teologia, ma solo dirle come già dentro di me, riuscivo a discernere le tentazioni e le azioni conseguenti.

Erano un poco di buono ma i più svegli di tutti, riuscivo a legare con loro solo perché si ribellavano alle regole come me, che non ne potevo più di essere trattato come un animale da soma al lavoro e come un peso a casa.

Un giorno Rosario disse che lui e Salvatore avrebbero lasciato il lavoro nella tenuta di Beppe il baruni per andare a lavorare in fabbrica, in continente.

 Al nord secondo loro cercavano operai, la paga era sicura, avrebbero lavorato in una fabbrica mica in un campo, curvi sotto la pioggia d'inverno e sotto il sole d'estate. Secondo loro c'era il paradiso, in continente, tutto quello che un giovane può desiderare, lavoro, divertimento, belle donne.

Mi convinsero e decisi di lasciare anch'io il lavoro dei campi per quello in fabbrica, non certo per i sollazzi, ma per trovare un lavoro migliore e sicuro, avevo conosciuto una ragazza che mi piaceva, le avevo esternato il mio amore e avevo intenzioni serie.

III

Una sera tornai a casa, mio padre, mia madre, i miei fratelli, due maschi e una femmina, stavano già a tavola, aspettavano che arrivassi per cenare tutti assieme, come di consuetudine in casa nostra.

C'era la polenta con contorno di polenta. Mi misi a sedere, ma prima di iniziare   dissi loro che avevo intenzione di lasciare il lavoro dei campi per andare a lavorare in fabbrica, in continente.

Non feci in tempo a dire dove che mio padre mi aggredì con lo sguardo come se avessi commesso chissà quale fetenzia.

"E chi ci pensa alla famìgghia, se tu non vai a travagghiàri la terra di Beppe il baruni, non sai che onore è per noi che ti abbia preso a travagghiàri una persona rispettabilissima, fratello di don Nicola?"

"Lascio il lavoro dei campi per andare a lavorare in fabbrica."

" Ah e dove a Melano?" Rispose lui. "Non so" gli dissi "forse a Torino comunque dove trovo lavoro in una fabbrica."

"Va bene! Accussì, se vai a stare meglio potrai mandare un po' di picciuli anche a noi."

La conversazione finì con un cenno di approvazione da parte di mio padre che nel frattempo, con la scusa di voler brindare al mio futuro, si era versato un altro bicchiere di vino rosso.

Anche la mamma acconsentì, condividendo la sua approvazione, non potendo fare altrimenti; non si sarebbe mai azzardata a dire qualcosa che fosse contrario alla decisione presa dal padre _ padrone.

Passarono alcuni giorni prima della partenza e intanto continuavo ad andare nei campi. Quando seppe della mia intenzione di lasciare la Sicilia, Don Nicola m'invitò a casa sua tramite un picciòttu che lavorava presso iddu. Venne a cercarmi sul campo che stavo concimando con dello stallatico tolto poco prima dalla concimaia. Beppe il baruni e don Nicola mi volevano parlare, all'indomani, alle tre a casa loro. Le tre erano le tre del pomeriggio ovviamente.

Quando lo venne a sapere mio padre, non stava più nella pelle dalla contentezza " u figghju mio a casa di don Nicola" continuava a dire.

L'indomani alle tre in punto andai a casa di don Nicola, bussai alla porta con il batacchio a forma di civetta che stava poco sopra la toppa della serratura, aprì il picciottu e sentii una voce che disse: " Cu fu? U figghju di Gennaro! Fallo trasire" rispose don Nicola.

Entrai in quella che per me non era una casa, ma una reggia, il pavimento era di marmo lucido che ci si poteva specchiare. Alle pareti erano appesi quadri di tutte le dimensioni con cornici dorate che rappresentavano scene di mare, barche da pesca e donne nude.

Rimasi a guardare un quadro, dove stava una donna nuda seduta sulla spiaggia.

Don Nicola mi vide e si fece una sonora risata "Ti piacciono le fimmene eh? Non ne hai mai vista un'accussi eh? E poi quando mai tu vidisti una fimmena tuta ignuda eh? Una bella fimmena che si trova a Licata!"

Si rivolse a me con fare di uno che vuole conoscere qualcosa di te, ma non te lo vuol far capire. "Mi disse qualcuno che vuoi andare via dalla Sicilia, è vero?"

"Si!" Gli risposi.

"E dove vorresti andare eh? A Torino? A fare che a Torino? A lavorare alla Fiat?"

"Non ho detto che voglio andare a Torino né che voglio andare a lavorare alla Fiat, ma voglio andare in continente a trovare lavoro, magari in una fabbrica.

"Conosci qualcuno che ti fa entrare a lavorare in fabbrica?"

"No! Non conosco nessuno."

" E perché proprio in continente e non qui a Palermo?"

"Non lo so forse a Milano."

"Milano hai detto? Va bene, vede don Nicola cosa può fare, per rispetto a tuo padre non a tia, si ben inteso. Tu ti sei permesso di abbandonare il lavoro nei campi di mio fratello senza dargli il preavviso, mancandogli di rispetto, ma io sono un uomo buono e rispettoso e accussì non voglio portare rancore, anzi voglio aiutarti a trovare lavoro."

"Grazie don Nicola."

"Ma tu ti ricorderai di don Nicola quando sarai in continente o a Palermo?"

"Certamente don Nicola, certamente."

"E se don Nicola ti chiedesse qualcosa tu, lo farai per don Nicola quel qualcosa?"

"Certamente state tranquillo!"

"Bene, lo sai che Rosario è già in continente e a suo dire ha già trovato da travagghiàri?"

"No! Non lo sapevo."

"Bene quando sarai in continente, rivolgiti a Rosario vedrai che lui ti aiuterà.

Rosario è un bravo ragazzo, oltre a essere un gran lavoratore, lo sai non è vero?”

“Certo” gli risposi.

“Bene ora puoi andare.”

“Grazia don Nicola, bacio le mani.”

Mi tese la sua mano, quasi fosse un vescovo ed io la baciai.

Tornai a casa e raccontai tutto a mio padre, che moriva dalla voglia di sapere cosa voleva da me don Nicola. Secondo lui dovevo essergli grato per il suo interessamento.

Non riuscivo però a capacitarmi perché aveva detto che Rosario era una brava persona, quando tutti in paese sapevano che era un poco di buono.

La sera stessa andai al bar, vicino casa, entrato, sedetti a un tavolo da solo.

I presenti, si voltarono tutti verso di me e fecero un cenno di saluto.

Risposi per educazione, ma non capivo perché fino a ieri non mi degnavano di uno sguardo e oggi, erano così ossequiosi nei miei confronti.

Arrivò anche Cono, il cameriere, che con fare gentile chiese cosa volevo.

“Una birra”, dissi.

Portò la birra in un boccale con un sottobicchiere cui si leggeva “Sicilia” a fianco di un carretto dipinto, il classico carretto siciliano.

Solitamente Cono la birra te la serviva in un bicchiere e a volte neanche tanto pulito.

Stavo per iniziare a bere quando si avvicinò un uomo di mezza età, Gagliano, conosciuto da tutti come Gliano lo ciancatu per via della sua andatura claudicante.

Venne vicino e sussurrò in un orecchio: " è vero che vai in continente?"

Ma come, pensai, lo sanno solo i miei e già ne parla tutto il paese?

Però lo sanno anche Beppe il baruni, don Nicola, Rosario e forse adesso anche Salvatore e sicuramente uno di loro lo ha reso pubblico.

Gliano era conosciuto come la comare del paese, quello che sapeva tutto di tutti, di lui però nessuno sapeva niente, neppure com'era diventato zoppo.

"E' vero che Rosario e Salvatore già stanno in continente?"

"Non lo so" gli risposi.

"Lo sai chi è Rosario?"

"Certo che lo so abbiamo lavorato assieme nella tenuta di zì Beppe."

"Sì ma lo sai chi è?"

"Chi è?" Chiesi.

"Allora non lo sai!"

"Come non lo so, è il figlio di donna Rosalia e Pietro."

"E vero rispose, è proprio figlio di donna Rosalia."

"E Pietro" dissi io.

Mi guardò e con un sorriso beffardo aggiunse: " Se lo dici tu!"

Quella risposta mi suonò male, se lo dici tu cosa voleva dire?

E' meglio non pensarci dissi tra me e me, l'importante è andare via dalla Sicilia, in continente.

Trovare un lavoro sicuro e magari farmi una famiglia.

Sorseggiai l'ultimo goccio di birra poi andai al banco del bar, ma quando misi le mani al portafoglio, Cono mi disse: "E' già tutto pagato."

"Pagato da chi?"

Si rivolse a me con un sorriso malizioso e disse: " Da chi ha interesse che tu non spenda i tuoi soldi e ha lasciato questa lettera per te."

Troppe cose erano cambiate in così breve tempo e tutto dopo che avevo avuto l'incontro con Don Nicola, ma perché?

IV

Tornai a casa, mia madre era intenta a prepararmi le poche cose che possedevo da mettere in valigia.

Aprii la busta, c'era la raccomandazione firmata da don Nicola, indirizzata a una affitta camere nei pressi della stazione di Milano.

La valigia, vecchia, di cartone, rinforzata agli angoli, con una maniglia e più sotto una specie di chiusura a scatto, un tempo doveva essere stata marrone ora era scolorita dal tempo. Aveva provveduto a disporre tutto sul letto; due camicie, una giacca, due paia di pantaloni di velluto, un paio di pantaloni leggeri, cinque paia di calze, due corte che arrivavano alla caviglia e tre che coprivano il polpaccio, cinque paia di mutande del tipo militare di quelle con i bottoni davanti, tanto per capirci.

Riposi tutto nella valigia cercando di non sgualcire camicie e pantaloni.

Aprii l'anta dell'armadio della camera che dividevo con i miei fratelli maschi, l'interno era suddiviso in due parti; sopra stavano i pochi abiti della famiglia e sotto quattro cassetti.

L'ultimo cassetto era il mio, l'aprii, tirai fuori una scatola di latta che mia madre conservava fin da quando ero picciriddu, portava ancora la scritta biscotti al Plasmon, dentro c'erano i miei risparmi.

Li presi, e li misi dentro il portafoglio, a fianco di un santino con l'effige di Santa Rosalia.

Erano i risparmi che mi servivano per andare in continente.

L'indomani sarei partito.

Quella sera a cena nessuno parlò, sembrava che fossimo a lutto, che stesse morendo o che fosse già morto un parente, uno dei membri la famiglia.

Mamma ogni tanto sollevava lo sguardo dal piatto e mi guardava, le si riempiva il cuore di tristezza.

Il mattino seguente di buon'ora mi alzai, mi feci la barba con il rasoio di mio padre, il mio l'avevo messo in valigia.

Scesi la scala tenendo la valigia in una mano e l'altra appoggiata al parapetto.

Sotto in cucina, i genitori stavano già consumando la prima colazione. Il bricco del latte era sul fuoco, il caffè invece era già pronto.

"Buongiorno" dissi. Mio padre rispose con un cenno del capo, mia madre si avvicinò, mi prese le mani e disse: "Buongiorno a tia figghju mio che la buona sorte ti accompagni."

Sedetti a tavola, feci colazione con una tazza di caffè e fette di pane, poi presi la valigia e mi avvicinai alla porta d'ingresso, salutai m'incamminai verso la piazza del paese, là stava la fermata dell'autobus che mi avrebbe portato a Messina.

L'autobus arrivò puntale, l'autista caricò la valigia nel porta bagagli, feci il biglietto e salii.

L'autobus attraversò dapprima Cefalù, Sant'Agata di Militello, Capo D'Orlando, tutti posti incantevoli, Milazzo e poi si arrestò a Messina.

"E' bella sa la Sicilia!"

_"Si ne sono certo, anche se la conosco poco."

"Peccato, dovrebbe venirci a passare le vacanze estive."

"Ci penserò! Lo stretto di Messina, mi ricorda Scilla e Cariddi."

" I mostri?"

_"Si! I mostri, si racconta, infatti, che fossero due mostri marini che, secondo la mitologia, vivevano in quel tratto di mare che noi oggi chiamiamo stretto di Messina ."

"Due mostri marini?"

_"Sì ma se ne parlava un tempo, in sostanza non sono mai esistiti, se ne parlava e basta. Si dice che Scilla fosse un mostro marino ma che prima di diventare così a causa di un maleficio era una bellissima ninfa, mentre Cariddi un mostro marino che risucchiava l'acqua di mare e poi la risputava tre volte il giorno, formando dei gorghi spaventosi, periglio per le navi che attraversavano lo stretto, ma lasciamo andare, vada pure avanti nel raccontare la sua storia."

Attraversai lo stretto a bordo di un traghetto e giunto sulla sponda opposta, presi l'autobus per Reggio Calabria e da lì il treno per Milano, ma non andava diretto a Milano, si fermava a Napoli dove dovetti prendere la coincidenza per Roma e poi di nuovo un'altra che portava direttamente a Milano.

Viaggiai tutto il giorno e tutta la notte e infine giunsi a Milano. Era mattino presto quando il treno si fermò in stazione.

Non avevo mai visto una stazione così grande, quelle di Napoli e di Roma non le avevo visitate perché scesi da un treno e salii subito su un altro. Avevo paura di perdermi, sulle strade un traffico mai visto, la gente che si muoveva di corsa, come se dovessero tutti quanti prendere il treno, sarei voluto tornare indietro, non ero abituato a quel genere di vita.

Entrai in un bar della stazione e chiesi un caffè, tutti mi guardarono, non ero vestito elegantemente come gli altri, ero scuro di carnagione mentre erano tutti bianchi come cataferi e il mio accento faceva capire che non ero nato a Bolzano. Il cameriere mi porse la tazzina di caffè e rivolgendosi a un suo collega disse: "Un altro terrone."

Capii che il terrone dovevo essere io, avrei avuto voglia di tirargli dietro la tazzina, ma mi dominai.

Lo guardai in cagnesco, capì che mi ero reso conto che il terrone era rivolto a me e che era meglio lasciar correre, fece un sorriso, aspettando forse una mia reazione, ma pagai il conto e uscii.

Appena fuori dalla stazione, non sapevo dove andare, chiesi a un signore se sapeva indicarmi l'indirizzo che stava scritto sulla lettera di don Nicola.

Fece cenno di seguirlo, percorsi alcuni metri indicò una casa poco lontano "provi laggiù."

M'incamminai, giunto alla casa premetti il campanello che stava a lato della porta, una signora sulla quarantina venne ad aprire, io avevo da poco compiuto diciannove anni.

"Desidera?"

Le dissi che avevo chiesto a un tizio, nei pressi della stazione ferroviaria, dove potevo trovare una camera in affitto e lui mi ha indicato questa casa.

Fece cenno d'entrare, " La manda don Nicola?"

"Si!" Le risposi.

Entrai tenendo sempre la valigia in mano, mi fece sedere su un divano che di divano aveva ben poco. La stoffa era lisa, segno che aveva fatto il suo tempo, le molle dei cuscini scricchiolavano ogni qualvolta ti muovevi.

“Attenda qua, torno subito.”

Dopo un po’, infatti, tornò.

“Venga, le faccio vedere la casa”. Mostrò la cucina, il bagno, una cameretta con un letto al piano primo. La casa era su due piani.

Di tutta la casa, quello che mi colpì di più fu proprio il bagno, come lo chiamava lei.

Non ne avevo mai visto uno, a casa mia usava ancora la latrina, un’appendice della casa, posta nel retro, di un metro per un metro e non si chiamava bagno ma latrina. Il bagno, non si faceva in una bella vasca smaltata, ma in una tinozza di latta, e solo di sabato.

La casa mi piacque e anche la stanza, così pattuimmo la pigione, pur sapendo che la cucina era a disposizione mia e di altre due persone che vi alloggiavano e che ognuno doveva cucinare per proprio conto, il vitto non era compreso nella pigione.

Accettai.

Il mattino seguente, chiesi, dove potevo trovare lavoro e mi fu detto che in una fabbrica, non distante, avevano bisogno di un magazziniere.

La signora scrisse l’indirizzo su di un foglietto.

Mi presentai al cancello della fabbrica,per l’occasione avevo messo la camicia pulita e la giacca, suonai il campanello e un signore in divisa, una guardia, che faceva servizio di sorveglianza, venne ad aprire e chiese cosa volessi.

Gli risposi che ero in cerca di un lavoro e siccome avevo sentito dire che serviva un magazziniere, ero andato per sapere se potevano assumermi.

"Percorra tutto il lato destro fino a che non trova una palazzina, lì stanno gli uffici."

Feci come aveva suggerito, arrivai alla palazzina, entrai, chiesi a chi potevo rivolgermi per un posto di lavoro.

Un signore distinto, con tanto di giacca e cravatta, si presentò come il capo ufficio, chiese cosa sapevo fare e gli dissi la verità; il pastore e lavorare la terra.

"Purtroppo qui non abbiamo bisogno di quel tipo di lavoro, ma ci sarebbe un posto da magazziniere se le può interessare."

"Certamente quando posso iniziare?"

"Per il momento passi nella stanza accanto dove c'è l'ufficio del personale, le diranno di cosa hanno bisogno, poi domattina alle otto si presenti puntuale nel mio ufficio."

Ringraziai, ero contento, finalmente avevo trovato un lavoro e ancor più la prospettiva di un salario sicuro.

Il giorno successivo mi presentai come stabilito all'ufficio, mi consegnarono una tuta da lavoro, un paio di scarponi. Accompagnato in magazzino, fui presentato agli altri operai e iniziai a lavorare.

Non era un lavoro difficile e neppure impegnativo, si trattava di mettere degli scatoloni su degli scaffali numerati e di apporre lo stesso numero a ogni cartone, con a fianco una lettera dell'alfabeto in modo da distinguerli uno dall'altro.

Al mattino alle otto, entravo in fabbrica, mangiavo alla mensa e me ne tornavo la sera alle cinque.

Avevo tutto il tempo per andare a casa, cambiarmi e visitare la città.

I giorni di festa, quando il tempo lo permetteva, il pomeriggio andavo a spasso, mentre se pioveva, andavo al cinema. Non avevo ancora fatto amicizie.

Una domenica pomeriggio entrai in un bar, fuori pioveva, alla radio stavano trasmettendo la radio cronaca di una partita di calcio.

Il bar era affollato, tutti erano in ascolto, la voce del radiocronista, Nicolò Carosio, inconfondibile e familiare per gli amanti di questo sport, risuonava in tutto il locale.

V

Ordinai un caffè e occupai posto a un tavolo, quando a un certo punto sentii pronunciare il mio nome. Mi voltai e vidi Rosario.

Era vestito elegantemente, portava un fazzolettino all'interno del taschino della giacca dello stesso colore della cravatta. Ci salutammo, gli chiesi cosa facesse, che tipo di lavoro.

Rispose che stava bene, ma sul tipo di lavoro che faceva, sorvolò, quasi non ne volesse parlare.

Insistetti anche perché sapevo che era andato a Torino.

Disse che aveva lasciato il lavoro in fabbrica e che si era trasferito a Milano per affari.

Restammo a parlare per un po', poi chiese dove alloggiavo e ci salutammo, ma prima di lasciarci promise che un giorno sarebbe venuto a trovarmi, tanto conosceva il posto.

Da un lato mi fece piacere incontrare una persona della mia terra, dall'altro, conoscendolo, avevo paura a frequentarlo sapendo che era un poco di buono.

Fu così che un giorno suonò alla porta dell'abitazione dove ero alloggiato e chiese di me.

Un coinquilino gli aprì e lo fece accomodare, poi mi chiamò dicendo che avevo visite.

Scesi le scale e me lo trovai davanti, m'invitò a prendere un caffè al bar.

Fu un incontro cordiale, disse che aveva bisogno di persone fidate per il lavoro che stava facendo e secondo lui io ero quella giusta. Se avessi accettato, mi avrebbe spiegato in che cosa consisteva il lavoro che avrei dovuto fare.

Accettare senza sapere che tipo di lavoro fosse, non lo avrei mai fatto.

"Secondo te dovrei lasciare un lavoro sicuro per andare a farne un altro senza neppure sapere in cosa consiste? Prima voglio sapere che tipo di lavoro è e poi decido."

"Hai ragione, ci vediamo domani al bar alla stessa ora e ne parliamo."

Ci trovammo al bar come stabilito, sedemmo a un tavolo, Rosario ordinò un caffè.

Iniziò a dire che mi si chiedeva di lavorare per una società, di cui lui e altre tre persone ne facevano parte, legata a lavori di costruzioni edili.

"Ed io cosa centro? Lo sai che non so fare il muratore."

"Non è questo che ti chiedo."

"E allora cosa?"

"Si tratta solamente di passare a ritirare delle buste dalle ditte che lavorano per noi all'interno dei cantieri". "Secondo te dovrei lasciare il posto di lavoro certo per fare il postino? Credi che non abbia capito che si tratta da andare a ritirare il pizzo?"

"Cosa dici, è un lavoro come un altro e si guadagna bene".

"Non è un lavoro per me, non è un lavoro pulito, non mi cercare più se devi farmi di queste proposte."

Stavamo discutendo quando un'auto si fermò proprio davanti al bar, di fronte al nostro tavolo all'aperto.

Era una topolino FIAT nera, un tizio vestito con abito nero gessato, molto elegante, con scarpe bianche e nere alla duilio, scese dall'auto e si diresse verso di noi.

Rosario quando lo vide, diventò subito serio, non teneva più quel suo solito sorriso smagliante e strafottente.

L'uomo si avvicinò con fare minaccioso e rivolgendosi a Rosario gli disse: " Ti ho trovato finalmente carogna", estrasse dalla tasca una pistola, Rosario fece altrettanto e sparò per primo due proiettili che colpirono quel poveretto a un fianco e nel mezzo del torace.

L'uomo si piegò su se stesso e cadde con il volto riverso a terra.

La gente seduta ai tavoli, presa dalla paura iniziò scappare, in un attimo fu un fuggi fuggi.

Il bar restò vuoto, nessuno neppure sulla strada, Rosario si guardò attorno, si voltò verso di me, mi diede un pugno sul viso, iniziai a perdere sangue dal naso, poi mi colpì con il calcio della pistola sulla nuca, caddi a terra e persi conoscenza.

Quando rinvenni, attorno a me vidi uomini in divisa, a malapena riuscii a distinguere che si trattava di carabinieri.

Mi resi conto di tenere nella mano destra la pistola con cui Rosario aveva sparato.

Due militari mi sollevarono da terra un terzo mi tolse la pistola di mano e mi ammanettò con le mani dietro la schiena.

Ero confuso, non riuscivo a credere a ciò che stava accadendo.

I militari mi caricarono sopra una camionetta e mi condussero in caserma.

Là trovai anche Rosario, fermato perché stava scappando quando arrivarono le forze dell'ordine.

Il comandante della caserma ci interrogò, prima separatamente poi ci mise a confronto.

Nel frattempo l'uomo era stato identificato, si trattava di un poco di buono, anche lui originario della Sicilia che praticava il pizzo, per fortuna non era morto, il primo proiettile lo aveva colpito di striscio, mentre il secondo gli aveva attraversato la parte sinistra del torace, forato un polmone e uscito dall'altra parte. Era grave ma non in pericolo di vita. Per fortuna o per Grazia di Dio non c'era scappato il morto.

Maledii il giorno che avevo incontrato Rosario, non sapevo cosa sarebbe successo, mi trovavo in prima persona coinvolto in un tentato omicidio che non avevo commesso.

Rosario cominciò a dire che mentre stavamo al bar, un tizio, ci aveva affrontato scambiandoci per altre persone, quindi mi aveva colpito prima con un pugno e poi con il calcio della pistola alla nuca ed io avevo reagito sparandogli due colpi.

“Non è vero!” Dissi al carabiniere che ci stava interrogando, non sono stato io a sparare ma lui.

“Se i fatti si sono svolti così come lei sostiene, perché era lei ad avere la pistola in pugno e non lui?”

“Non lo so il perché!”

“Glielo dico io allora, perché lei ha sparato mentre il suo amico è fuggito per paura, infatti, quando l'abbiamo arrestato, stava correndo ed era in evidente stato confusionale.”

Capii che ero in trappola, anche se non ero stato io a commettere quel reato, le avevo tutte contro.

“Ha un avvocato?”

“No!” Non conosco nessun avvocato non ne ho mai avuto bisogno perché sono una persona onesta.

“E lei ha un avvocato?”

“Sì, ma non qua a Palermo!”

Rosario disse al carabiniere che il suo avvocato avrebbe preso in considerazione anche la mia difesa.

Quella notte non chiusi occhio, non riuscivo a dormire perché innocente, mi trovavo a dover affrontare un processo accusato di tentato omicidio.

Il mattino fui portato in carcere.

Una volta salito sulla camionetta, sempre con i braccialetti ai polsi, un carabiniere rivolgendosi all'autista gli disse di portarmi alla villa in Piazza Filangeri.

“In villa?” Dissi rivolgendomi a una guardia che stava seduta accanto a me.

“Si!” Rispose, “ma una villa particolare, vedrai che ti troverai bene è protetta da un santo!”

“Da un santo?” Dissi.

“Si da San Vittore” rispose e si fece una sonora risata, scuotendo la testa come per dire, quanto ero scimunito.

VI

Scesi dalla camionetta, scortato da due carabinieri, come il peggiore dei delinquenti. Entrai all'interno della casa circondariale. Mi tolsero i braccialetti, l'orologio, il portafogli, la cintura dei pantaloni e misero tutto dentro una cassetta, meno che le manette ai polsi, poi la chiusero a chiave.

Avevo indosso ancora gli stessi indumenti che portavo il giorno che fui arrestato, la camicia era macchiata di sangue, del mio sangue, uscito dal naso dopo che ero stato colpito da Rosario.

Il portone si chiuse, si aprii un cancello con le sbarre di ferro alte fino al soffitto. Dovetti percorrere un lungo corridoio accompagnato da due guardie penitenziarie, adesso ero in loro custodia.

Ci fermammo di fronte ad una porta, sopra c'era scritto "ambulatorio medico."

"Entra" disse una delle guardie.

Appena dentro, un medico in camice bianco, seduto dietro una scrivania, mi chiese i dati anagrafici e li trascrisse su di una cartellina con i fogli a quadri. Uscì da dietro la scrivania, si avvicinò e disse: "Spogliati."

Tolsi la camicia, i pantaloni, le scarpe e le calze, rimasi con la canottiera e le mutande.

Disse di nuovo " ho detto di spogliarti non di restare in mutande, se avessi voluto vederti in mutande ti avrei detto di spogliarti e di restare in mutande, quindi togliti tutto".

Tolsi dapprima la canottiera poi le mutande, non mi ero mai spogliato davanti a degli estranei, misi subito le mani davanti a coprire le vergogne.

Il medico si avvicinò: "Apri la bocca!" Guardò i denti con uno speciale specchietto, poi mi poggiò sul petto e sulla schiena quello che per me all'epoca, ignorante com'ero, sembrava una specie di orologio, ma senza le lancette, collegato a un-tubicino e infine alle sue orecchie, lo stetoscopio.

"Dai un colpo di tosse!"

Infine volle che allargassi le gambe e che togliessi le mani da lì.

Divenni rosso per la vergogna.

Si sedette di nuovo dietro la scrivania e continuò a scrivere. Chiese se ero dedito all'alcol, dissi di no, se fumavo, dissi di no, se avevo sofferto in passato malattie dell'apparato respiratorio, bronchiti, polmoniti, se avevo contratto malattie veneree, rimasi muto non avevo capito cos'erano e lui: "Sei mai stato a puttane?" dissi di no, se sapevo leggere e scrivere, dissi di sì.

Volle sapere che scuole avevo frequentato e gli risposi che avevo la licenza elementare.

Potei rivestirmi, ma prima di uscire volle che appoggiassi le mani su un tampone d'inchiostro e mi prese le impronte digitali.

Si rivolse alla guardia penitenziaria: " E' sano e di robusta costituzione, accompagnatelo dal tecnico che gli deve fare le fotografie."

Nella porta accanto c'era una camera completamente buia, con una sola luce su di una scrivania, dietro stava il fotografo.

Mi fece appoggiare contro una parete, accese la luce e la camera s'illuminò. Dapprima una foto di fronte, poi disse di voltarmi sul lato destro e poi su quello sinistro e fece altre due fotografie.

Uscii dalla camera e fui accompagnato in un'altra, dove stava il magazziniere che mi diede un cuscino, due lenzuola, una federa, una coperta e un rotolo di carta igienica.

Percorsi tutto il corridoio accompagnato sempre dalle guardie. Una di loro mi mise una mano sulla spalla e disse: "fermati qua." Davanti a me stava una porta di metallo di colore verde chiaro con evidenti segni di ruggine e uno spioncino.

Aprirono la porta, dietro c'era un cancello a sbarre verticali dello stesso colore della porta, aprirono anche quello " entra e fatti il letto." C'erano quattro brande montate una sull'altra a due a due.

Tre brande erano già occupate, la quarta era la mia.

Venne il giorno del processo, i magistrati si limitarono a leggere i capi d'accusa, poi rinviarono l'udienza di tre mesi.

Nel frattempo rimasi in carcere in attesa di giudizio.

L'avvocato difensore mio era lo stesso di Rosario, non potevo permettermene uno e così accettai la sua offerta.

Dopo la prima udienza, trascorsi alcuni giorni, fui accompagnato in parlatorio; l'avvocato mi voleva parlare.

Iniziò a dire che la mia posizione era molto difficile, ma che avrebbe cercato di fare il possibile affinché la pena fosse meno dura.

"Certo se tu ti assumi la responsabilità di quello che hai commesso, i giudici ne terranno conto, tanto più che, stando a quanto sostiene Rosario, hai reagito alla provocazione per legittima difesa".

"Sono innocente, non sono stato io a sparare ma Rosario":

"Così aggravi la tua posizione, nessuno ti crederà e poi, devi sapere, che la pistola porta il numero di matricola cancellato, quindi ti sarà chiesto come l'hai avuta e da chi e questo è molto grave."

Prima di lasciare il parlatorio volle dirmi: "Don Nicola ti manda a dire di ricordarti che tieni due fratelli e una sorella e che Rosario è innocente".

"Cosa volete dire?"

"Che se confessi, alla tua famiglia non gli succederà nulla, anzi don Nicola sarà a loro vicino, per tutti gli anni che dovrai scontare in galera, diversamente…….."

"Perché io se non ho commesso il reato?"

"Perché Rosario è figlio illegittimo di don Nicola, l'unico figlio maschio e non intende farlo finire in carcere intesi?"

"Allora io dovrei pagare per lui?"

"O paghi tu o pagano i tuoi famigliari, a te la scelta "

Tornai in cella, mi mordevo le labbra dalla rabbia, quelli che la dividevano con me erano a conoscenza di quanto mi era accaduto e mi dissero: "Accetta", diversamente ti puoi considerare un morto che cammina.

Sai anche qui i don hanno il potere di comandare, tra di loro c'è molta collaborazione e potresti trovarti un coltello piantato nella schiena durante l'ora d'aria se non addirittura alla mensa, prima che riprenda il processo, pensaci.

Se ti assumi la colpa al posto del figlio di don Nicola, otterrai rispetto qua dentro e anche quando sarai fuori di qua, all'interno del carcere le notizie volano più veloci dei passeri. La tua decisione diventerà pubblica e dato che lo fai perché sei costretto in cambio dell'incolumità dei tuoi, troverai comprensione e stima.

Ero furioso, continuavo a camminare avanti e indietro nello stretto spazio della cella.

Tornò a farmi visita l'avvocato.

"E allora cosa hai deciso? Sai don Nicola ha detto che pensa a tutto lui sia alla tua famiglia e sia al mio onorario, ma da parte tua ci deve essere quella confessione. Ha detto inoltre che tu gli avevi promesso che qualora un giorno ti avesse chiesto un favore glielo avresti fatto. Sapeva che Rosario alla fine si sarebbe messo nei guai e così aveva già pensato a te come soluzione a tutto già da quando ti aveva invitato a casa sua. Ti ha sempre considerato quello che sei, un ingenuo scimunito, la soluzione ai problemi che un giorno o l'altro Rosario gli avrebbe creato."

" Dite a don Nicola che lo ringrazio, per quello che sta facendo e per come mi ha giudicato e spero un giorno di poterlo fare di persona a modo mio."

"Cosa vorresti fare un giorno eh?"

"Ringraziarlo ve l'ho detto!"

" Questa voglia di ringraziarlo a modo tuo è bene che don Nicola non lo venga a sapere. Cosa ne pensi scimunito?"

"Avete ragione, prendetelo come uno sfogo personale e basta, poi passerà."

"In quanto al resto cosa devo dire a don Nicola, ci hai pensato?"

"Ci ho pensato, se devo essere la causa delle disgrazie dei miei fratelli e genitori, preferisco pagare io per tutti".

"Bravo accussì si fa, vedrai che troverò il sistema per alleviare la tua pena."

Si alzò, stava per uscire quando a un tratto voltatosi verso di me disse: " Eccome neppure mi ringrazi?"

Chiesi alla guardia di riaccompagnarmi in cella e non lo degnai neppure di uno sguardo.

VII

Passarono alcuni giorni prima della seconda udienza.

Dapprima il presidente del tribunale volle ascoltare i testimoni che erano stati indicati nel verbale d'udienza. Dodici persone, proprio come i santi apostoli, nessuno di loro fu mai presente sia all'interno sia all'esterno del bar quando successe il fatto. Erano tutti quanti comparse, inseriti nel libro paga di don Nicola, persone della mala che avevano avuto contatti con Rosario.

Ogni testimonianza era volta a scagionare Rosario che si sarebbe trovato seduto allo stesso mio tavolo, perché da me invitato a bere un caffè e che non aveva nulla a che fare con l'uomo che ci aveva aggredito."

Da ultimo fu sentito proprio Rosario che ribadì la sua versione resa ai carabinieri.

Il Pubblico Ministero ritenne che avevo sparato usando una pistola Beretta calibro 7,65 di dubbia provenienza in quanto la matricola era stata abrasa, sicuramente rubata e in dotazione alla malavita che teneva contatti sia in Italia sia all'estero e per l'estero intendeva gli Stati Uniti D'America.

Rincarò la dose quando disse: " Non dimentichiamo che gli elementi di maggior spicco della malavita statunitense hanno origini italiane e guarda caso la maggior parte proviene dalla Sicilia, proprio la regione d'origine del signore qui presente che stiamo giudicando. Nessuno conosce perché ciò sia avvenuto, nessuno è stato in grado di dircelo signor Presidente, *causa latet, vis est notissima.*"

Ci fu un esile tentativo da parte del mio difensore, se così lo vogliamo chiamare, di controbattere, con una breve arringa, sia quanto sosteneva la controparte e sia il Pubblico Ministero.

Alla fine terminò così: "Ritenuto che il mio cliente è incensurato, che da non molto si trova a vivere in questa città a lui sconosciuta, e che, essendo stato provocato ha reagito per legittima difesa, invoco ai sensi e per le disposizioni riportate negli articoli del codice penale Rocco, le attenuanti della legittima difesa e comunque mi rimetto alla clemenza della corte, ma non posso ancora una volta fare a meno di ribadire che il reato di tentato omicidio non è altro che la conseguenza di una reazione spontanea per legittima difesa."

A quel punto il Pubblico Ministero prese nuovamente la parola: " L'imputato non ha agito per legittima difesa ma ha sparato intenzionalmente e volutamente per uccidere, tengo a precisare che è privo di porto d'armi, che la pistola è di dubbia provenienza, che da soli pochi giorni si trova in città, che svolge un lavoro da magazziniere e che sentite le persone che hanno avuto contatti con lui nel periodo che ha prestato la sua opera, risulta un tipo taciturno che raramente rivolgeva loro la parola, con una cultura mediocre, con un forte accento dialettale, tutti elementi che fanno capire che l'individuo è un killer, venuto al nord dalla Sicilia esclusivamente per uccidere. Ha risposto a uno sgarro, a un'offesa ricevuta, applicando la sua legge, la legge del taglione *oculom pro oculo, dentem pro dente*. Sostiene di non essere stato lui a uccidere, ma è stato trovato con l'arma ancora in pugno, non sa neppure mentire signor Presidente e signori giudici a latere, è d'uopo che un bugiardo deve avere una buona memoria, *mendacem memorem esse oportet* come dicevano i latini. Pertanto chiedo che sia applicato il massimo della pena, *dura lex sed lex*, signor Presidente e signori della Giuria".

Nella sala d'udienza, salì un forte brusio, si dava atto che a Milano era giunto dal sud un uomo con il solo scopo di uccidere. La notizia fece scalpore, il giorno seguente ne parlavano tutti i quotidiani e purtroppo arrivò fino in Sicilia e anche i miei seppero che ero diventato il sicario del paese.

Nuovamente l'avvocato che teneva la mia difesa prese la parola: " la tesi adottata dal P.M. che la Sicilia è un covo di delinquenti, offende non soltanto il mio assistito ma l'intera popolazione della Sicilia e tutto il popolo Italiano e pertanto faccio formale richiesta a questo tribunale affinché quelle frasi siano cancellate dal verbale o quantomeno il P.M. faccia ammenda chiedendo scusa al popolo siciliano. Non è vero che quanto affermato dal P.M. è per i siciliani un modus vivendi e neppure lo è l'omertà, *nec audio nec video,* come si è soliti ripetere in questi casi, perché in Sicilia ci sono anche lì persone rispettabili, che hanno il senso del dovere e non possiamo fare di tutta l'erba un fascio."

Il P.M. risentitosi, si alzò in piedi e ribatté il massimo della pena signor Presidente."

A quel punto al mio legale si rivolse al P.M. e disse: " *oleum et operam perdidi,* a nulla è valso quanto da me detto poc'anzi se lei rimane sulle sue posizioni."

Il presidente del tribunale rinviò l'udienza al giorno successivo e il collegio giudicante si riunì in camera di consiglio che per me, stando alle richieste del P.M., posso definirla camera caritatis, poiché tenuto conto delle attenuanti della legittima difesa, fui condannato a dieci anni di reclusione contro i 22 chiesti dallo stesso P.M._

Non potevo accettare una sentenza che mi condannava a dieci anni, ma neppure se mi fossero stati dati due giorni, perché ero innocente.

Rosario invece fu assolto perché è vero che si trovava al bar assieme a me, ma era lì per caso, perché i testimoni riferirono che io lo avevo invitato a bere un caffè e che a seguito del fatto era scappato non perché implicato ma per paura.

Non restava altro da fare che aspettare, solo accettare e aspettare. Era già trascorso un mese circa dalla condanna, ma non riuscivo a rassegnarmi; trascorrere i migliori anni della vita, quelli della gioventù rinchiuso in un carcere e per di più innocente.

Avevo scritto alla ragazza che avevo lasciato in Sicilia, ma le lettere tornavano tutte indietro. Anche lei non voleva più saperne di me.

I giorni passavano tutti uguali, ore e ore rinchiuso in una cella stretta e lunga, dove stavano quattro persone, che non avevano niente in comune, solo la cella.

L'ora d'aria era la sola che ti permetteva di avere contatti con altri ma anche la più temuta da molti, uno sgarro fatto lì si poteva pagare caro.

Talvolta cucchiai rubati alla mensa, diventavano coltelli che tagliavano come rasoi e così si squarciava la gola a chi, secondo la legge del carcere, se lo meritava.

Cercavo di non stringere amicizie, ma non mi tiravo mai indietro se invitato a una conversazione. Non accettare un invito anche quello poteva essere inteso come offesa e come tale, aveva un prezzo e prima o dopo qualcuno ti avrebbe presentato il conto.

Il primo anno era trascorso quando il direttore del carcere mi convocò nel suo ufficio.

Mi fece sedere e poi chiese come mi trovavo, se riuscivo a comunicare con gli altri detenuti. Visto che non proferivo parola, ripeté la domanda e a quel punto dissi: " Come pensa che si possa trovare un innocente all'interno di un carcere?"

"Tutti dicono la stessa cosa una volta entrati nel carcere, sono tutti innocenti. In tanti anni di servizio non ho mai trovato un carcerato che abbia ammesso le proprie colpe, tutti innocenti. Ti piace leggere?"

"Non ho tempo per leggere."

"Devi scontare ancora nove anni, ne hai del tempo per leggere, se ne hai voglia, puoi leggere tutti i volumi dell'enciclopedia Treccani."

Io non sapevo neppure cosa fosse un'enciclopedia.

"Se non ti va di leggere, vuoi almeno imparare un mestiere? Quando uscirai da qua, dovrai pure trovarti un lavoro, se ti vuoi reinserire nella società, altrimenti torni a delinquere. Vuoi passare tutta la tua vita in carcere?"

Non gli risposi, mi vergognavo e allo stesso tempo non accettavo di essere un recluso, e per di più per un reato non commesso.

Prima di uscire, chiesi se dovevo accettare subito o se mi lasciava un po' di tempo per pensarci.

"Tutto il tempo che vuoi ma ricordati che una buona cultura ti può essere utile per quando uscirai da qua."

"Non saccio chiù leggere!"

"Non ti preoccupare per questo c'è un insegnante che viene in carcere per insegnare a leggere e a scrivere e chi già lo sa fare può migliorarsi."

Quel giorno passai tutto il tempo a pensare se valesse la pena accettare o rifiutare. Se avessi potuto studiare, avere una cultura, non sarei certo andato a cercare lavoro come operaio, lasciando la mia Sicilia, avrei potuto trovare un lavoro rispettabile e ben pagato come insegnante, dottore o come avvocato, si proprio come avvocato e magari a Palermo.

Quell'idea dell'avvocato mi ronzava dentro il cervello come una mosca.

Intanto a Rosario, nonostante fosse stato assolto poiché dalle indagini svolte dalla celere, era senza lavoro e senza fissa dimora, fu notificato l'atto con il quale venne diffidato di restare nella città di Milano. Lo accompagnarono al comando dei carabinieri affinché provvedessero a inoltrarlo al comando del paese di provenienza.

Non gli restava altro da fare che tornarsene nella sua Sicilia, cosa che fece.

Lì venne a contatto con alcuni malavitosi, picciotti manovalanza della mala, che lo accolsero nella loro banda.

A capo di tutti stava un tizio basso e tarchiato, con tanto di barba e baffi, poco raffinato, contrariamente a Rosario che vestiva sempre elegantemente.

Ebbe inizio per lui il coinvolgimento nei traffici illeciti. Per procurarsi il materiale però doveva autofinanziarsi e così propose agli altri di fare delle rapine. Iniziò con rapinare i distributori di carburante poi passò alle banche.

Il tizio con i baffi e barba, non aveva il polso del comandante, pertanto avvenne che i suoi uomini, dopo un po', preferirono Rosario a lui.

La vita, all'interno del carcere scorreva sempre allo stesso modo, contavo i giorni, le ore e i minuti che mancavano alla mia liberazione.

VIII

Il direttore mi convocò di nuovo nel suo ufficio, lo ricordo come fosse adesso, era il 21 aprile, il primo giorno di primavera, non potrò mai dimenticarlo quel giorno, perché anche per me iniziò a germogliare una nuova vita. Volle sapere cosa avevo deciso di fare.

Era soddisfatto del comportamento che avevo tenuto fino ad allora, non davo fastidio a nessuno, tutti mi trattavano con rispetto, anche i più malavitosi, le sembrerà strano ma è la legge del carcere, per chi sconta la pena innocentemente.

Mi prospettò la possibilità di continuare gli studi, prendere la licenza media, accettai.

L'aula nella quale tenevano le lezioni due professori, entrambi maschi, era luminosa, non aveva grate alle finestre, ma solamente alcune sbarre che permettevano alla luce del giorno di penetrare.

All'inizio provai enorme difficoltà a riprendere gli studi, ci mettevo molto entusiasmo e così impegnavo nello studio la maggior parte del giorno.

Le giornate, infatti, erano cambiate completamente, la mattina avevo il tempo di studiare mentre il pomeriggio, fino all'ora di cena, frequentavo le lezioni.

I primi due anni furono di enorme sacrificio, ma anche molto interessanti e gratificanti in quanto a profitto, in più ero venuto a conoscenza di un mondo tutto nuovo.

Il terzo anno, quello degli esami, mi diede la spinta a voler intraprendere nuovi studi. Passavo molto tempo a leggere anche libri che potevo prendere in prestito dalla biblioteca del carcere su autorizzazione del direttore.

La cella non era più quella in cui fui messo all'inizio, adesso la condividevo con un altro carcerato per reati minori, piccoli furtarelli. Era più giovane di me di qualche anno, un tipo tranquillo, anche lui un disperato che commetteva furti per potersi mantenere, senza lavoro, sia per la poca voglia di cercarlo sia perché ormai, con la sua fedina penale, nessuno gliene dava. Anche se più piccola dell'altra, che dividevo con altre tre persone, questa cella aveva in più un tavolo con due sedie. Quel tavolo era diventato la mia scrivania, il posto dove passavo la maggior parte del tempo, studiando.

Quell'anno avvenne anche un fatto che cambiò definitivamente la mia vita.

A Palermo, durante una rapina a una banca ci fu uno scontro a fuoco tra i banditi e le forze dell'ordine.

Alcuni agenti di polizia rimasero feriti, due dei rapinatori uccisi e un terzo ferito gravemente.

I giornali e la televisione ne parlarono.

La banda malavitosa che aveva preso parte alla rapina era quella comandata da Rosario.

Il suo luogotenente e un picciotto, caddero vittima sotto i colpi sparati dai poliziotti, Rosario invece rimase ferito.

Riportò ferite agli arti inferiori e al torace.

Fu catturato e trasferito in ospedale, dove fu operato. Era grave.

Due proiettili lo avevano ferito al torace, uno gli trapassò il polmone destro e fuoruscì dalla schiena, ironia della sorte, la stessa dinamica con la quale lui aveva sparato a quel poveraccio a Milano e per la quale io stavo scontando una pena per un reato che non avevo commesso.

In ospedale a Palermo, era piantonato giorno e notte, non era permesso a nessuno di avere contatti con lui, fatta eccezione per il personale medico e sanitario.

Non stava bene, le sue condizioni, nonostante le cure, peggioravano di giorno in giorno.

Passò davanti alla porta della sua stanza il cappellano dell'ospedale, un frate cappuccino che, vedendo i due militari fuori della porta, chiese loro cosa era successo; gli risposero che non erano autorizzati a dare informazioni.

Il frate non si diede per vinto, andò a parlare con il direttore dell'ospedale ma anch'egli non gli concesse il permesso di entrare, ci voleva l'autorizzazione del magistrato.

"Allora andrò dal giudice" gli rispose il frate.

"Se c'è la dentro un uomo che ha peccato ne dovrà un giorno rendere conto a Dio e se voi siete i sanitari del corpo, ebbene io sono il sanitario dell'anima e intendo parlare con quell'uomo."

Non ci fu bisogno di chiedere il permesso al giudice.

Rosario stesso chiese, resosi conto che le sue condizioni peggioravano ogni giorno di più, di poter avere un incontro con un sacerdote.

Lo chiese al personale medico che entrò a fargli visita. Il primario, uomo di confermata fede cattolica, si fece portatore della richiesta e informò il comandante delle guardie.

Questi, a sua volta, ne parlò con il magistrato a cui era stato affidato il caso, il quale acconsentì purché l'incontro avvenisse mantenendo la porta della camera aperta e una guardia restasse all'esterno della camera e l'altra all'interno in prossimità della porta d'ingresso.

Il frate, prima di entrare volle parlare con i due sorveglianti e li ammonì, se credenti, di non rivelare a nessuno, le cose che avrebbero potuto sentire se Rosario le avesse riferite in confessione.

Entrò, prese posto su una sedia e si avvicinò al letto di Rosario.

Non vi era possibilità alcuna di poter ascoltare quello che diceva, aveva un filo di voce, respirava a fatica, tra una frase e l'altra si doveva fermare a prendere fiato, il frate per poterlo ascoltare dovette chinarsi su di lui.

A un tratto il cappuccino trasalì, si alzò di scatto, poi si rimise a sedere e rivolgendosi a Rosario gli disse: "Come hai potuto fare questo, ti rendi conto del male che hai fatto?" Lo disse con voce austera e così forte che non solo lo sentirono i due poliziotti che stavano uno dentro e l'altro fuori della stanza, ma anche il personale che era nel corridoio.

IX

Interruppi per un attimo don Gaetano facendogli notare che il treno stava entrando alla Stazione Termini, e che forse era il caso di approfittare dell'attesa, prima che ripartisse, per prendere un caffè.

Mi affacciai al finestrino, il treno era fermo al binario 12, la gente era quasi tutta scesa, altri salivano, mi sbracciai verso un tizio che con un carrettino gridava a gran voce: "aranciata, birra, coca, panini, caffè, cestini da viaggio". Subito spinse il suo carretto verso di noi, chiesi a don Gaetano se andava bene un caffè o se preferiva qualcos'altro. Rispose che il caffè era sufficiente, fece l'atto di mettere mano al portafoglio, ma gli dissi che era per me un onore offrire un caffè a una persona squisita come lui, che il destino mi aveva fatto incontrare.

Prendemmo il nostro caffè in santa pace, la coppia di anziani che era salita poco dopo la stazione di Milano era scesa, ma altri stavano entrando nello scompartimento.

Due donne con tre bambini presero posto, le loro valige erano stracolme, andavano a trovare i parenti. Demmo loro una mano a caricarle, ma tutte non stavano sulle mensole sopra le nostre teste e così due, le meno ingombranti, le mettemmo a terra tra un sedile e l'altro.

Rivolsi a don Gaetano una domanda sottovoce, usando la massima discrezione, dal momento che adesso più orecchie potevano sentire.

_"Mi scusi se le faccio una domanda che può imbarazzarla, ma lei come fa a conoscere questi particolari se all'epoca era in collegio?"

Capì perché avevo usato l'espressione "collegio" e non carcere, come ti ho detto troppe orecchie, stavano ascoltando.

"Una volta uscito dal collegio, ma non subito, bensì quando ormai avevo pronunciato i voti perpetui, mi furono riferiti da uno dei medici che lo ebbe in cura."

_"Ho capito, continui puri la storia mi affascina."

Rosario a quel punto pregò quasi il confessore, con le lacrime agli occhi, conscio di essere ormai arrivato alla fine dei suoi giorni, di rendere pubblica la sua testimonianza, in punto di morte voleva rimediare al male fatto.

Il frate chiamò le guardie e disse loro di far venire al più presto il loro comandante, che Rosario aveva da fare una confessione importante e urgente stante il suo stato di salute.

Così avvenne, entrò il comandante al quale Rosario volle dire la verità, che a Milano si trovava in carcere un innocente a scontare la pena per un reato che non aveva commesso e che l'autore di quel reato era stato lui.

Chiamarono il personale medico affinché fosse presente quando la sua deposizione fu trascritta, perché potessero essere testimoni che la rendeva spontaneamente.

Il giorno dopo Rosario cessò di vivere.

Le sue pendenze giudiziarie, in seguito alla morte, avevano avuto fine in questo mondo Mors Onmia Solvit, ma nell'altro chissà. Pregai per la sua anima e lo faccio ancora oggi. Dio abbia misericordia di lui! Se è diventato un delinquente non è solo per sua colpa.

La famiglia di don Nicola non esisteva più; donna Rosalia, l'amante, morì di malattia, don Nicola di lupara, suo fratello fu trovato nei campi con un colpo di pistola sparato a brucia pelo alla nuca, e poi Rosario.

A quel punto don Gaetano parlò ancora più sottovoce, ma i ragazzi iniziarono a giocare tra loro e facevano una tale confusione che, anche se avesse parlato normalmente, non lo avrebbe sentito nessuno, così decise di non usare più il termine collegio.

Il direttore del carcere, appena ricevuto il mandato di scarcerazione, mi chiamò in direzione e con voce commossa, disse che non aveva mai avuto dubbi sulla mia innocenza, anche quando all'epoca della carcerazione volle sottolineare che tutti dichiarano di essere innocenti e che nessuno ammetteva mai le proprie colpe.

Lesse il documento con il quale potevo godere nuovamente della mia libertà e di tutti i diritti civili. Potevo finalmente uscire dalla villa in Piazza Filangeri.

Mi furono riconsegnati gli effetti personali, rividi la valigia di cartone, vi misi le poche cose che mi era stato possibile comprare e uscii, non sapevo dove andare.

Nel frattempo mio padre era morto d'infarto, mia madre aveva sopportato troppi dispiaceri, si era ammalata di testa, non ragionava più, dopo la morte di mio padre campò tre mesi e andò a raggiungerlo.

A casa era rimasta solamente mia sorella che ancora non si era maritata.

Non potevo restare a Milano, dovevo per forza tornare in Sicilia e ci tornavo in parte sconfitto, perché non avevo fatto la fortuna che speravo e in parte vincitore perché alla fine ero stato riabilitato.

X

Sapevo che fuori città c'era un convento di frati minori e decisi di andarvi.

Appena giunto, incontrai un frate cappuccino che mi accompagnò all'interno del convento, lì trovai asilo. Non potevo però stare senza fare niente e così cercai di rendermi utile, come bracciante sapevo coltivare la terra e misi la mia esperienza al servizio del convento. Nessuno aveva chiesto del mio passato, così un giorno, quando tutti eravamo nel refettorio, dopo la lettura dei salmi e prima di metterci a mangiare, volli dire apertamente quello che mi era accaduto e infine lessi la copia del mandato di scarcerazione che portavo sempre con me.

Non un commento, solo il priore accennò a un sorriso, fece cenno di mettermi a sedere, poi rivoltosi agli altri confratelli disse: " Siamo venuti a conoscenza di una triste vicenda che è capitata a nostro fratello Gaetano, ma che non ci deve turbare affatto, dobbiamo solamente pregare affinché riesca, con l'aiuto di Dio a superare questo triste momento."

Imparai a servire Messa. Un giorno mentre mi trovavo nel chiostro a parlare con il padre priore, gli esternai la voglia di proseguire gli studi, avevo la licenza media e sarei voluto andare oltre.

Ebbe modo di parlarne al vescovo della Diocesi che gli disse: "Se ha voglia di continuare gli studi, allora fatelo studiare e fatemelo conoscere."

Il priore mi accompagnò in vescovado, dopo una lunga attesa si affacciò alla porta un seminarista e fece cenno di entrare. Ero impacciato, mi genuflessi nel tentativo di baciargli la mano, come mi avevano insegnato di fare, ma lui mi pose una mano sulla testa e disse di alzarmi, poi si sedette di fronte a me. Conosceva già tutto del mio passato. Mi fece in breve tempo un sacco di domande sulla dottrina cattolica, quasi come se dovessi fare la prima comunione, poi si appartò in un angolo del suo studio, che era immenso, con il priore e restarono a parlare per una buona mezz'ora, mentre non sapevo cosa fare e mi chiedevo perché si erano messi a parlare tra di loro in disparte.

Sarei voluto andar via. Pensavo tra me, chissà cosa mi dice, non devo aver risposto bene alle sue domande, o cos'altro.

Tornarono al loro posto. Il vescovo mi guardò, fece un sorriso, mi sentii rinascere, e poi: "Se hai tanta voglia di studiare, poiché sei stato promosso con una buona media, considerando anche dove e come ti è stato possibile studiare, cosa ne pensi di intraprendere gli studi teologici? Sia ben inteso non ti chiedo di diventare sacerdote, però la Chiesa ha bisogno di nuove figure che sappiano, perché vissute sulla propria pelle le conseguenze del male fattogli da altri, trasmettere la volontà del perdono, perché tu hai perdonato non è vero?"

"Si" gli risposi "ho perdonato."

"Cosa te ne pare della nostra proposta accetti?"

Aaccettai.

Il treno lasciava la stazione Termini, avevamo ancora un po' da stare assieme, non mi aveva ancora detto cosa contenesse quella borsa e allora glielo chiesi esplicitamente, lui l'aprì e ne tirò fuori un breviario, un messale, una cotta e altri paramenti del celebrante.

_"A cosa le sono serviti?"

"Ogni anno, quando la salute me lo permette, vado a trovare un amico sacerdote che mi aiutò, appena uscito dal carcere, sto qualche giorno con lui e lo aiuto nelle mansioni attinenti la liturgia, celebro alcune Messe al posto suo, così lui si riposa."

Era stanco, non aveva smesso di parlare da Milano a Roma, io volevo saperne di più, com'era diventato sacerdote, ma era stanco, non aveva più voglia di parlare, quei ricordi lo avevano provato abbastanza."

Arrivammo alla stazione di Napoli dovetti scendere, ero arrivato ma non volevo perdere quel contatto, così ci scambiammo gli indirizzi, lo salutai stringendogli la mano. Lui si commosse, mi abbracciò e nominando il mio nome disse "Ciao Marco a presto, dobbiamo rivederci, ho ancora tante cose da dirti."

Scesi dal treno, rimasi sul marciapiede fin tanto che non ripartì, lo salutai ancora con il gesto della mano e lui si affacciò al finestrino agitando un fazzoletto.

Ebbe inizio un epistolario tra di noi. Spesso gli scrivevo di te, della mamma, del mio lavoro, delle difficoltà che talvolta incontravo nel tirare avanti la famiglia.

Lui aveva sempre parole di conforto per tutti.

Un giorno, era d'estate, decisi di andarlo a trovare, tu e mamma preferiste restare e andare al mare.

Presi l'aereo, fecendo scalo a Palermo e da lì la corriera che mi portò al paese dove era parroco.

Si fermò proprio davanti alla chiesa. Era una modesta costruzione con l'ingresso posto a sud come vuole la tradizione e la canonica nel lato opposto.

Piccola, ma accogliente, di forma rettangolare con l'altare di marmo sovrastato da un crocefisso ligneo, risalente, probabilmente alla fine del 1800, una balaustra delimitava lo spazio riservato ai fedeli da quello del ministrante.

Lungo le pareti erano appese icone raffiguranti le stazioni della Via Crucis, ai lati due file di panche, annerite dal tempo e dalla mancata manutenzione, sul lato destro dell'altare un ambone in pietra, vi erano scolpite, da una mano artisticamente puerile, l'effige dell'emblema Pietrino con le due chiavi incrociate e la terza verticale cui si congiungono. Nel lato opposto il fonte battesimale.

A lato del portone d'ingresso stava un'acquasantiera, non c'era la torre campanaria, una campana fuoriusciva di lato dal perimetro delle mura, protetta da una falda spiovente del tetto. La struttura era stata realizzata con riquadri sovrapposti di pietra locale che emetteva riflessi dorati se colpita dai raggi solari.

Speravo di trovarlo in chiesa, ma non c'era nessuno. Uscii e lo vidi che stava attraversando la strada, gli andai in contro, mi vide e un sorriso radioso illuminò il suo volto, venne verso di me ci salutammo affettuosamente come due vecchi amici e ci incamminammo verso la canonica che si trovava dietro la chiesa.

Attraverso un cancelletto di ferro si entrava dapprima in un terreno in parte giardino, con piante di fiori e in parte coltivato a orto, più avanti si accedeva alla canonica.

L'ingresso dava direttamente nella cucina. Su di un pianale di pietra un fornello a gas alimentato con una bombola di gpl, un tavolo con quattro sedie, una panca di legno, una piattaia e un ramaiolo appesi a una parete. Il pavimento, una semplice soletta di calcestruzzo, niente mattonelle. Dalla cucina, per mezzo di una scala di legno, mezzo malandata, che scricchiolava sotto il peso di chi la percorreva, si poteva accedere al piano superiore, dove c'erano due camerette e un bagno con tanto di boyler elettrico per l'acqua calda. Ovviamente non c'erano fonti di calore, in Sicilia fa caldo.

Gli chiesi:_ " Chi cucina don Gaetano?"

"Nessuno! Mi portano qualcosa i paesani tanto a pranzo che a cena, quello che possono, una volta una famiglia e una volta un'altra".

_"Ma non c'è la perpetua?"

"Niente donne in canonica. Io le donne le ricevo in chiesa, mai in canonica, la gente ha molta fantasia ed io faccio di tutto perché la usino per altri scopi."

_"E i panni chi li lava?"

"Quelli li lavo da me, mi sono attrezzato come vedi, indicò la lavatrice, ma non li stiro, perché non sono capace e allora viene una signora ogni 15 giorni, che io puntualmente pago, anche perché ha bisogno di lavorare, li prende e me li riporta belli e stirati. Però la biancheria intima quella no, non gliela do, la passo un po' con il ferro scaldato sul fornello del gas e me la metto, che senso ha stirare le mutande? Mica le devo far vedere a qualcuno! Che prete sarei se mettessi in mostra le mutande?"

_"Siete davvero unico don Gaetano!"

XI

"Oggi caro Marco, andiamo a mangiare in trattoria, vedrai che non te ne pentirai."

E così avvenne. Mi portò a mangiare in un locale dove cucinavano tutto a base di pesce, dall'antipasto alla pietanza, le portate le scelse lui, anche il vino e il dessert.

Chiesi al cameriere se per cortesia ci portava dell'acqua, lui si fece una risata, guardò il cameriere e disse:"Iddu mangia u' pisci con l'acqua!"

Poi si rivolse a me: " Quando mai vidi mangiari u' pisci con l'acqua. Con l'acqua ci si lava di fora ma di dintro ci vuole u' vino bianco e di quello buono assai. Mi sa che tu devi fare un corso accelerato da sommelier."

A quel punto dissi al cameriere che l'acqua non serviva più e lui: " No! Si devi prendere le medicine va bene bere l'acqua ma sinnò niente acqua."

_ "Voi non prendete mai delle medicine?"

" Eccome no! Tutti i giorni, pasticche di cucina e sciroppo di cantina."

Tracannò quasi tutta la bottiglia. Al che gli dissi: _ "Non vi dovevano chiamare Gaetano!"

"No? E come?"

_"Bacco!"

Mi diede una pacca sulla spalla " non esagerare, adesso andiamo che la canonica ci aspetta".

Tornammo in canonica, ci sedemmo a tavola e mi raccontò dei problemi che viveva la sua gente ogni giorno, la mancanza di lavoro, la povertà, la delinquenza che pareva aumentare ogni giorno di più. Tempo addietro due ragazzi, a volto coperto, si erano presentati in canonica armati di mazze da baseball e gli chiesero i soldi, disse di non averne. Per intimorirlo se la presero con la piattaia, spaccarono tutto. Il rumore fece accorrere gente e loro spaventati scapparono in sella a uno scooter.

Quella volta andò bene, ma non voleva saperne di condividere la canonica con altri, tanto meno con una perpetua.

C'era ancora tempo prima della Messa vespertina e così colsi l'occasione per ricordargli del nostro primo incontro sul treno. Lui volle dirmi ancora di altri avvenimenti che in quell'occasione non gli fu possibile raccontare e così riprese dove aveva lasciato.

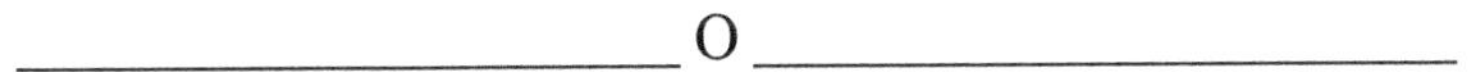

Nel periodo che lavoravo presso il podere di Beppe il baruni, avevo poco tempo da trascorrere con gli amici e quasi non fraternizzavo più con loro dal momento che ci frequentavamo solamente la domenica.

L'ora vespertina era quella in cui ragazzi e ragazze avevano l'occasione di vedersi mentre andavano in chiesa e proprio in una di quelle occasioni m'innamorai di una coetanea. Era dolce, sempre accompagnata dalla mamma, entrava in chiesa, le si sedeva accanto, dalla parte riservata alle donne, i ragazzi e gli uomini dalla parte opposta.

Ogni tanto, quando tutti erano intenti nella preghiera, i nostri sguardi s'incontravano. Erano sguardi sinceri, senza peccato, che volevano dire mi piaci, ti voglio già bene.

Il nostro fu un amore platonico, non come oggi che dopo due giorni che si frequentano stanno già assieme, confondendo l'Amore con l'amore.

L'amore quello vero, con la A maiuscola, dall'amore quello fatto di sesso e basta, senza sentimento.

La cosa andò avanti per un po' di tempo, poi una sera, prima di entrare in chiesa, l'aspettai sul sagrato. La mamma si era fermata a parlare con due comari, lei stava in disparte, allora mi feci coraggio e le diedi un biglietto.

C'era scritto che le volevo bene e se lei provava per me lo stesso sentimento, ci potevamo incontrare, perché volevo parlarle.

Prese il biglietto, lo mise in tasca senza leggerlo, diversamente avrebbe potuto attirare l'attenzione della madre e se lo avesse letto, mi sarei sicuramente trovato il padre e il fratello alla porta, che non avrebbero gradito. Con questo non dico che mi sarei tirato indietro anzi, se me lo avessero permesso, e di questo ne dubito, avrei spiegato loro cosa provavo e che avevo intenzioni serie. Chissà forse la mia vita sarebbe stata quella di un padre di famiglia, mentre oggi sono il padre per molte famiglie della parrocchia.

Da parte della ragazza ci fu una risposta affermativa, con il solo cenno del capo, la sera dopo all'ingresso della chiesa. Continuammo a scambiarci i bigliettini, i pizzini, come si dice da noi, ma non mi diede mai la possibilità di incontrarla da sola.

Com'è strano l'amore Marco! Lavoravo nei campi, zappavo la terra, seminavo e pensavo insistentemente a lei. Ho definito l'amore come un'ottima malattia che ti prende ora il cuore, ora la mente, che ti fa toccare il cielo con un dito o che ti fa cadere a faccia in giù nella polvere.

Quanti amori sono la gloria di Dio e quanti, purtroppo, finiscono tragicamente.

In pratica mi ero preso quella che si dice una bella cotta.

Il giorno prima di andare in continente, le avevo detto che l'avrei voluta salutare e le diedi l'appuntamento vicino alla chiesa. L'aspettai, quando ormai avevo perso le speranze, mi venne incontro, mi abbracciò, fu quello il primo e unico bacio di passione che abbia mai dato a una donna.

Adesso ti racconto di due fratelli che salvammo dalla deportazione nazista.

XII

" Ero all'interno del convento, stavo governando le capre quando sento dietro di me dei passi, era il padre priore; al suo fianco un ragazzo sui vent'anni. Mi chiamò_ Tano, Tano, vieni qua!"

Mi precipitai vedendolo così agitato, lui che di solito era una persona pacifica, credetti che fosse successo qualcosa di grave a un suo confratello.

"Tano, bisogna trovare un nascondiglio per questo ragazzo perché i tedeschi stanno rastrellando gli uomini per portarli in Germania!"

"E dove lo nascondiamo, gli dico?"

"Non lo so, ma bisogna per forza nasconderlo. Potremmo vestirlo da frate, ma non ha la barba! Se vengono le SS bisogna aprirgli, altrimenti usano la forza Tano e quello che succede non si può immaginare da parte di quei senza Dio! Dietro l'altare c'è un'apertura che porta nei sotterranei dove riposano i nostri confratelli defunti, potremmo nasconderlo lì."

"NO!" Gli risposi, "la chiesa no! E' la prima cosa che andrebbero a controllare, bisogna trovare un'altra sortita!"

Mi rivolsi direttamente a quel ragazzo.

"Senti figliolo, ti stanno cercando o sei venuto quassù perché temi di essere preso?"

Mi rispose: "Non mi stanno cercando, non sanno neppure se esisto, ho anche un fratello più giovane."

"Dov'è nascosto?"

" Fuori, vicino all'ingresso del convento!"

"Sant'Iddio, ma siete pazzi? Fatelo entrare prima che qualcuno si accorga di lui!"

All'epoca ero giovane, le forze non mi mancavano, mi rivolsi al padre priore: "Adesso dite ai confratelli di alzarsi la tonaca e di venire con me, c'è da lavorare se li vogliamo salvare!"

Rispose: "Ma è l'ora del vespro!"

"Preferite pregare e mettere a repentaglio la vita di questi due giovani o dare loro la possibilità di salvarsi?"

Stette un attimo a pensare poi: " Sia fatta la volontà di Dio!"

"Non so quale sia, ma la mia in questo momento è quella di salvare questi ragazzi e la vostra?"

"Hai ragione tu Gaetano."

Entrai nell'ovile, mandai fuori tutte le capre, presi un piccone e un badile e iniziai a rimuovere la terra. Lavorammo tutti alacremente fino all'alba. Riuscimmo a scavare una buca assai profonda che poteva contenere entrambi, poi usai delle tavole per coprirla, infine mettemmo sopra della paglia e tutto il fieno che avevamo, in modo da far sembrare quell'angolo come un vero e proprio fienile. Mentre la terra che era stata asportata la distribuimmo nell'orto, che pareva così lavorato da poco.

I due giovani stavano dentro la buca tutto il giorno poi, la sera, li facevamo uscire.

Quando dicemmo loro di entrare, per la prima volta dentro la buca, il più giovane si rivolse a me: " come facciamo a respirare?" Con il naso e con la bocca gli risposi e se dovessero venire le SS in questo luogo e per la paura te la fai addosso, non ti preoccupare, non se ne accorgerà nessuno, a meno che tu non abbia a puzzare più delle capre.

Un mattino, poco dopo l'alba, sentimmo il rumore di un camion fermarsi davanti all'ingresso del convento, poi bussare al portone con molta energia. Fra Guglielmo andò ad aprire, c'erano due ufficiali delle SS e alcuni militari, tutti quanti armati.

Fateci entrare, apriteci, sentimmo gridare.

I due ufficiali appena dentro il chiostro si rivolsero a fra Guglielmo, chiedendo se avevamo nascosto qualcuno in convento. Lui gli rispose di no che nel convento c'erano solamente i frati. Ma l'ufficiale non gli credette e volle controllare.

Entrarono dapprima in chiesa, andarono dietro l'altare, videro la porta che conduceva ai sotterranei, ci chiesero di aprirla, entrarono, videro che c'erano solamente le spoglie di frati morti da tempo, risalirono, percorsero tutta la navata, si fermarono davanti all'organo, a fianco del quale c'era una scala di legno che conduceva alla torre campanaria, salirono fino in cima, non trovarono nulla, allora vollero ispezionare la cucina e il refettorio, nulla anche lì. Infine l'orto e quindi l'ovile, con le capre. Uno di loro si fermò davanti all'ingresso dell'ovile, contò gli animali: "Bravi frati, con tutta la popolazione che ha fame, voi tenete le capre? Sono troppe tutte queste capre per voi!" Tolse la pistola dal fodero e sparò sulle capre, ne uccise due che caddero per fortuna lontano dal fienile, i militari al seguito le presero e le caricarono sul camion. L'ufficiale si rivolse al priore dicendo: "Bravi frati, non c'è nessuno, meglio per voi, altrimenti Kaputt."

Se ne andarono, non tornarono più, i due ragazzi furono salvi, quando li facemmo uscire, non so se puzzavano più le capre o loro che se l'erano fatta addosso.

Avevo terminato gli studi teologici, attendevo solo l'ordinazione al sacerdozio che avvenne in vescovado assieme ad altri due futuri preti.

Restai fino alla liberazione, poi chiesi di poter tornare nella mia terra natia la Sicilia e l'ottenni, e da allora sono qui.

XIII

"Tu piuttosto come stai Marco?"

_"Bene, sono solo preoccupato un po' per mia moglie che da qualche tempo non gode ottima salute."

"Che cos'ha?"

_"Si sente sempre stanca e ultimamente accusa dolori di fegato."

"L'hai portata dal medico?"

_"Si!"

"E lui cosa ti ha detto che ha ?"

_"Il fegato ingrossato, le ha proibito alcuni cibi, il fritto e altre cose e ha consigliato riposo. E' per questo che non è venuta anche lei, le ho consigliato di passare qualche giorno al mare con nostro figlio Luca, anche lui ha bisogno di riposo, ha appena terminato gli studi, si è laureato in giurisprudenza e ha superato brillantemente l'esame di Stato di avvocato. A settembre pensa di iscriversi all'albo e di iniziare a esercitare la professione presso lo stesso studio legale dove ha svolto il periodo di praticantato."

"Sono felice per lui e per voi; quanto a tua moglie pregherò perché guarisca presto."

_"Che dite, mio figlio riuscirà a essere un buon avvocato?"

"E che ne so io, ci deve mettere impegno questo sì, non perdersi sempre a caccia di avventure con le colleghe e le segretarie!"

_"Come fate a sapere delle sue avventure? Allora è vero quello che si dice in paese!"

"E che si dice in paese?"

_"Sceso dalla corriera, ho chiesto di voi, dove potevo trovarvi, e una donna mi ha detto _ chi don Tano il veggente?".

"Chi io il veggente? Non dar retta alla gente, secondo te sono un veggente? Mi avete scambiato per Padre Pio? Pace all'anima sua! Uno non può più dire una cosa che se si avvera è un veggente. Se pensi questo di me ti sei proprio sbagliato. Però una cosa su di te la indovino, anche se non sono veggente, scommetto che lì dentro c'è la pastiera napoletana che fa tua moglie e sa che a me piace tanto, non è così?"

_"Si è vero!"

"Hai visto. E secondo te sarei un veggente o tengo il naso proprio sopra la pastiera che tieni in mano?"

_"Avete ragione scusate."

"Scuse accettate, ma dimmi un po' da quanto tempo non ti confessi?"

Rimasi di stucco.

_"Non lo ricordo."

"Per contare da quanto tempo ti basta il pallottoliere o hai bisogno della calcolatrice?"

_"Vedete don Gaetano io non frequento la Chiesa da molti anni, ormai ritengo di essere un ateo."

"Tu un ateo, un senza Dio?" E che ci sei venuto a fare da me che sono un ministro di Dio? Ah, ho capito sei venuto a trovare l'amico non il ministro di Dio, non è così?"

_"Si è così!"

"Ma tu di qua non tene andrai a mani vuote!"

_"Cosa intendete dire?"

"E come, si va a trovare un amico, si fa tanta strada e l'amico non ti ricambia con qualcosa? Vedrai non andrai via a mani vuote!

Tornai a casa, voi eravate rientrati dalla vacanza, la mamma pareva stare meglio poi però dopo qualche mese iniziò di nuovo ad avere dolori, mangiava poco, così decisi di portarla da uno specialista. Confermò che il fegato era malato, era meglio fare accertamenti più approfonditi per una diagnosi completa e consigliò il ricovero presso una struttura pubblica.

"Ti ricordi Luca quel periodo, non è vero?"

"Si papà mi ricordo. Ricordo quanto hai sofferto e quanto le hai voluto bene!"

Ero disperato, scrissi a don Gaetano, gli trasmisi l'angoscia che stavo vivendo, gli chiesi scusa se da quando c'eravamo lasciati non gli avevo più scritto, ma che lo pensavo spesso e da allora ero tornato a frequentare la Chiesa, che la domenica andavo a servire la Messa. Dopo alcuni giorni rispose con parole di conforto: "In quanto alla frequentazione della Chiesa e di servire Messa, te l'avevo detto che non saresti andato via a mani vuote." Aveva ragione la gente della sua parrocchia, quell'uomo vedeva molto più lontano di quello che faceva credere. Quanto alla salute della mamma scrisse che il disegno di Dio non sempre fa la volontà degli uomini. Quella frase per me fu una pugnalata al cuore. Aveva detto in poche parole che la mamma sarebbe venuta a mancare e niente e nessuno poteva fare qualcosa per salvarla se non Dio stesso. Accadde purtroppo! Ero sempre stato mamma dipendente, non sapevo sbrigare le faccende domestiche. Per fortuna che Tina mi prese a cuore e mi sta aiutando ancora. Di tua madre ho un bellissimo ricordo, anche tu spero, era una santa donna.

Ti ho raccontato tutto di lui, ma tu non mi hai detto perché si parla della sua morte sui giornali, voglio saperlo da te prima di leggere il quotidiano."

"Certo papà! E' stato aggredito in canonica da due balordi che lo hanno spinto a terra pensando di poter rubare qualcosa, ma non hanno trovato nulla di valore e sono fuggiti. Lui ha sbattuto la testa, è stato immediatamente soccorso, prima di perdere conoscenza ha detto a chi lo stava soccorrendo che si trattava di poveri ragazzi senza lavoro, quasi li giustificava, e li perdonava per quel loro gesto. Dopo due giorni di ricovero è spirato, il suo cuore, provato da tutte le sofferenze patite, oltre a quelle che tu mi hai raccontato non ce l'ha fatta."

"Quando ci sono i funerali?"

"Domani ma non penserai........"

"Lo sto già pensando, organizza tu perché io domani voglio esserci a dargli l'ultimo saluto su questa terra."

La piccola chiesa era gremita, Marco e Luca, sedevano in prima fila. La cerimonia fu breve, la bara portata a spalla fino al cimitero che distava trecento metri dalla chiesa.

Tutta la parrocchia si era stretta attorno a lui, ma non un fiore su quella bara. Aveva sempre detto che i morti non sentono il profumo dei fiori e che non possono vedere quindi i soldi per i fiori e per le lampade votive erano soldi rubati ai poveri e che per onorare la sua morte chi voleva e poteva, non doveva portare né fiori né accendere lampade ma fare l'elemosina o aiutare chi ne aveva bisogno.

Marco avrebbe voluto posare un fiore su quella bara, ma sapendo qual era la sua volontà, volle rispettarla.

Restò fino a che la pala non ricoprì di terra quello che restava di quell'uomo che seppe tenere un piede sulla terra e l'altro in cielo quasi come fosse un arcobaleno.

INDICE